I0662676

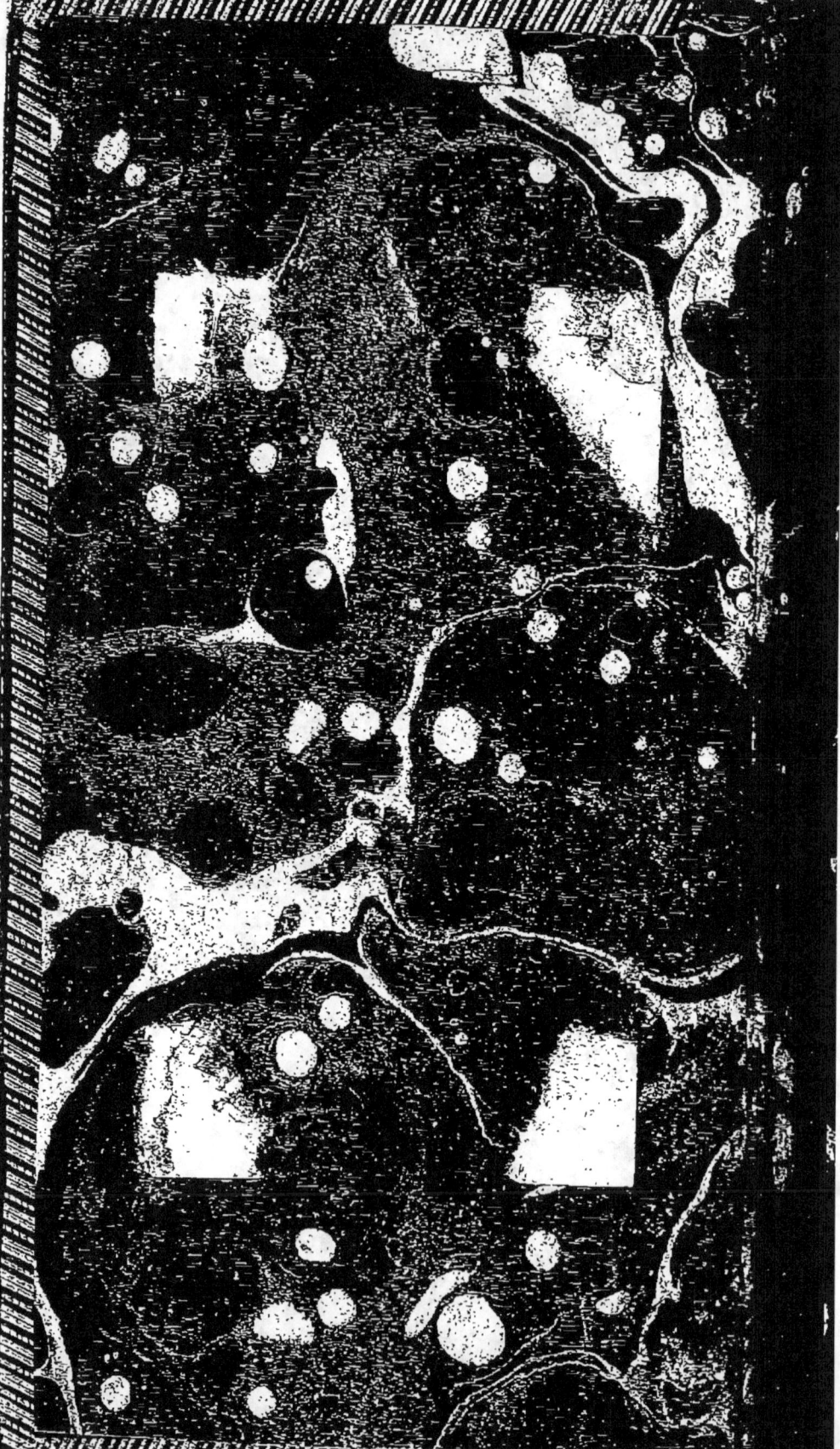

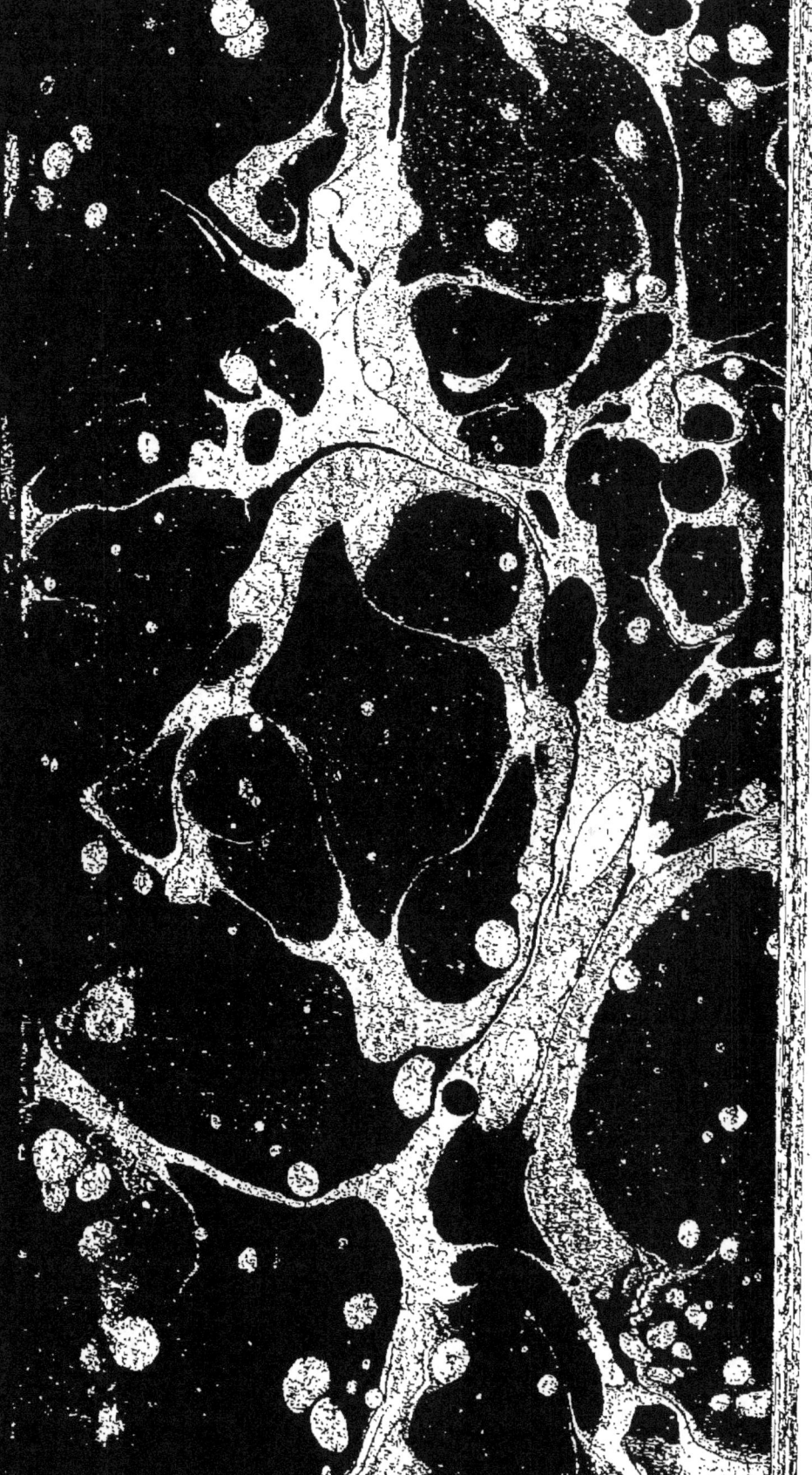

P. Picaert F.

LE
CONTRE
IMPROMPTU
DE
NAMUR.
COMEDIE.

A AMSTERDAM,

Chez

J. Louis de Lorme & Estienne Roger,

Marchands Libraires sur le Rockin.

M. D. C. LXXXXVI.

A

p
pr
a
to
b
a
Pl
te

AVERTISSEMENT.

Comme les François en parlant de leur conquête de Namur, l'appelloient un Impromptu, pour donner à entendre, qu'ils en étoient bien-tôt venus à bout, & les Alliez leur ayant aprés repris cette Place, en affez peu de temps, pour pouvoir

A 2   don-

donner auſſi à leur priſe le nom de d'Impromptu. On a pris de là ocaſion de faire cette Comedie, & de l'intituler le Contr'Impromptu de Namur; On y fait voir par des intrigues amoureſes, la priſe de cette Place par les François, en introduiſant un Cavalier de cette Nation, qui ſe rend maître par ſon adreſſe & par ſa ſubtilité du cœur d'une jeune Dame de Namur qui repreſente la Ville, quoiqu'elle ſoit attachée à

un

un Seigneur Espagnol, ensuite, un Cavalier Anglois secondé de deux confidens, dont l'un est Alleman & l'autre Hollandois supplente le François, & luy ôte sa maîtresse, representans tous trois les Alliez reprenent la forteresse de Namur.

AC-

ACTEURS.

JUNIE, riche Bourgeoise de Namur.
CLAUDINE, suivante de Junie.
CHRISTINE, Tante de Junie.
Le Chevalier de LISSAC, Cavalier
   François & amant de Junie.
L'EPINE, Laquais du Chevalier,
Le Comte de SCELTON Anglois, amant de Junie.
LISIDOR, Cavalier Aleman confident du Comte.
PYRAME, Cavalier Holandois, confident du Comte.
CRISPIN, Domestique du Comte.

La Scene est à Namur.

LE
CONTRE
IMPROMPTU
DE
NAMUR.

ACTE I.

SCENE I.

JUNIE, CLAUDINE.

CLAUDINE.

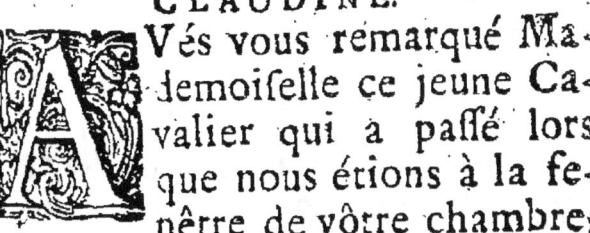

Vés vous remarqué Mademoiselle ce jeune Cavalier qui a paſſé lors que nous étions à la fenêtre de vôtre chambre, il m'a la tournure aſſés Françoiſe.

JUNIE.

Ouy, qu'en veux tu dire Claudine?

CLAUDINE.

J'en veux dire que c'eſt un homme

A 4　　　　me

me bien fait, qu'il me revient fort,
& que sur ma parole il vous plaît
autant ou plus qu'à moy.

JUNIE.

Quelle impertinence de juger de
mon goût par le sien.

CLAUDINE.

Croyez moy Mademoiselle je suis
fille, & je sais à coup sûr le sentiment
de toutes les Filles sur cette matière,
elles ont contracté une sorte habi-
tude de dissimulation affectée, qui
est insuportable à la droite raison,
& telle est amoureuse à la folie, qui
paroit plus indifferente du monde.

JUNIE.

Ne voudrois tu point me faire a-
croire aussi que je suis déja amoureuse de cet inconnu.

CLAUDINE

Je ne dis pas encore cela, mais je
le pourrai dire avec le temps, & quoi
que ma profession ne soit point de
fouiller dans l'avenir, je gagerois
ma vie que vous vous aimerez bien-
tôt, s'il n'en est déja quelque chose,
je suis clairvoyante, il vous a saluée
en passant avec un certain air d'ad-
miration, qui me donne beaucoup à
pen-

penſer, il a tourné la tête cinq ou
ſix fois, pour vous regarder, & vous
l'avez conduit des yeux juſques a une
maiſon où il eſt entré, vous ne ſau-
riez m'empêcher de m'imaginer que
ce ſont là les effets d'une ſecrette
ſimpatie, & non d'une ſimple curio-
ſité.

JUNIE

Tu es folle ma pauvre amie, &
tu veux que ta maîtreſſe le ſoit autant
que toy, ce ſont là les imaginations
creuſes d'un cerveau bleſſé.

CLAUDINE

Dites en ce qui vous plaira vous
ne me convaincrez jamais du con-
traire, de plus j'ay remarqué dans
vôtre maniere de regarder ce Cavalier, je ne ſçai quel air de bienveil-
lance qui ne lui préſage rien de mau-
vais.

JUNIE

Te voila ſur le ton prophetique, as
tu encore quelque nouvelle décou-
te ſur cette matiere.

CLAUDINE

Vous tournez en railleries ce qui
n'eſt que trop veritable, mais, adieu,
vôtre Tante m'appelle.

A 5 SCE-

SCENE II.

JUNIE, *seule.*

Y auroit-il quelque chose de vray
dans ce que cette folle vient de
me conter, serois-je d'un tempe-
ment assés sensible pour aimer déja
cet inconnu, non, ce sont pures
réveries, il est vray qu'il a un
air a charmer & que mes yeux
l'ont regardé avec quelque plaisir,
mais qu'elle consequence peut-on
tirer de-là, ne voyons nous pas a-
vec plaisir tout ce qui nous paroit aimable, de plus mon cœur n'est
point a moy, n'ay-je pas un cavalier Espagnol pour amant a qui je
prétens être fidelle, quoi qu'un mal-
heureux sort nous separe depuis
longtemps, ne nous aimons nous
pas reciproquement, & n'alegeons
nous pas les cruels chagrins de l'absence par un commerce assés fre-
quent de lettres tendres & passion-
nées ; non, je suis incapable d'un
autre attachement.

SCE-

SCENE III.

CHRISTINE, JUNIE, CLAU-DINE.

CHRISTINE.

QU'avez-vous ma Niece, je remarque un certain air fombre & melancolique fur vôtre vifage, qui m'inquiete, quel fujet de mécontentement avez vous, vous favez combien vos intérets me font chers & que depuis la mort de vôtre mere j'ay voulu vous avoir chez moy, pour vous donner des marques plus convaincante de ma tendreffe, découvrez moy le fujet de voftre chagrin.

JUNIE.

Ce n'eft rien ma Tante, vous favez que dans la vie on a de certains momens melancoliques, dont on ne fauroit rendre raifon.

CHRISTINE

Eh! bien, paffons là-deffus, il me femble qu'il y a déja long-temps que Don Alvaros ne vous à écrit. n'a-t'il point quelque nouvel en-

gagement à Madrid , étes vous
bien affeurée que fon cœur foit a l'é-
preuve des charmes des Dames de ce
Païs-là.   CLAUDINE

S'Il m'eft permis de dire nette-
ment ce que j'en penfe, je crois ce
Seigneur Efpagnol un froid amant,
il eft vray qu'il écrit de temps en
temps , mais il traite les matieres
d'amour avec tant de gravité, que
je ne le crois pas fort échauffé , &
je le foupçonne d'un peu d'indiffe-
rence.

CHRISTINE.

On ne te demande pas ton avis
impertinente, parle quand on te que-
ftionnera.

JUNIE.

Ma tante je n'ay point encore
fujet de rompre avec luy, il eft vrai
qu'il y a quelques mois que je n'ay
point de fes nouvelles, mais bien
loin d'acufer mon amant de pareffe
& de froideur, je m'en prens aux
meffagers & aux poftillons.

CHRISTINE.

Je vous loüe ma niece, de fufpen-
dre ainfi voftre jugement , & de ne
donner pas têtes baiffée dans les
pre-

premieres aparences, je reconnois
ici le fuit de mes soins & des salu-
taires avis que je vous ay souvent
donnez, au reste ma niece, il me sou-
vient que je vous ay promis un man-
teau de ces petites étoffes qui se fa-
briquent en France de puis peu &
qui font fort à la mode, allés vous-
en chés ma voisine, à l'enseigne
de la Ville de Paris, c'est une marchande bien assortie, faites vous en
montrer de toutes les couleurs, &
vous en choisissez une selon vostre
goût, ne perdez point de temps, &
ne negligez point ce moment favo-
rable, peut-être que je changerois
d'avis.

JUNIE.

J'ay une profonde reconnoissance
de toutes vos bontez, & j'obeis sans
repliquer d'avantage.

SCENE IV.

CHRISTINE, CLAVDINE.

CHRISTINE.

Ecoute Claudine tu sçais que je
t'ay toûjours fait la grace de te di-
stinguer du commun, & que je ne te
con-

considere point comme une simple soubrette, mais comme une fille de jugement, & de quelque esprit, & c'est pour cette raison que je t'ay mise auprés de ma niece, veille donc un peu sur ses actions, examine les moindres de ses demarches jusqu'à ses manieres de regarder quand elle void de jeunes hommes, & m'en fais un fidelle raport, je tremble de peur qu'elle ne tombe dans les filets de quelque nouveau venu, étant encore dans une si grande jeunesse, & sans experience des choses du monde, fonde son cœur sur son amant Espagnol, car c'est un bon party que je tâche de luy conserver, & la detourne de toute autre inclination.

CLAUDINE

En verité Mademoiselle, la confiance que vous daignez avoir en moy, me met sur le dos une charge bien difficile & bien delicate, une fille de son âge & faite comme elle, n'est pas fort facile a marier, & j'aprehende que l'ordre que vous me donnez ne vienne aprés coup.

CHRI-

CHRISTINE

Comment cette friponne auroit-
elle quelque intrigue, & . . .

CLAUDINE

Ah Mademoiselle je ne dis pas
cela , c'est seulement un soupçon
que j'ay, & je serois bien fâchée
de l'en accuser la pauvre fille.

CHRISTINE

Enfin, quoy qu'il en soit pense
bien à ce que je t'ay dit, il y a
mille raisons importantes qui m'o-
bligent , a veiller sur les actions
de ma Niece , je luy remarque si
je ne me trompe quelque penchant
à la coquetterie , mais j'y donne-
rai bon ordre où j'y perdrai mon
latin , écoute si quelqu'un vient
me demander, dis que je suis sortie , je vas me retirer pour quelque temps dans mon cabinet , a-
fin d'y faire mes depêches pour
Madrid.

SCE-

SCENE V.

CLAUDINE, seule.

TU n'es pas mal tombée vieille folle ; en venant t'adresser à moy pour un pareil sujet ; non, les interest de la niece me sont beaucoup plus chers que ceux de la tante, elle veut que je luy parle en faveur de son Espagnol, & je n'en ferai rien, le brave amoureux qu'elle nous propose ici, le bel adonis de cinquante ans, quel objet pour être l'amant de ma Maîtresse, je ne croi pas dans le fond, qu'elle sente rien de tendre pour luy, & selon moy le jeune homme de tantôt feroit bien mieux son afaire, il suffit d'être sous la direction d'un vieil oncle ou d'une vieille tante, pour dire adieu à tous les innocens amusemens de la jeunesse, consolez vous ma jeune Maîtresse, étudions nous a tromper de concert vôtre tante pour vôtre profit, & goutez les plaisirs dont elle ne veut vous éloigner, que parce qu'elle en-

enrage d'être hors d'age de les
prendre, mais St. j'entens quelcun.

SCENE VI.

JUNIE, CLAUDINE.

JUNIE.

AH ma chere Claudine je suis per-
duë, je viens de voir ce Cavallier que nous avons vu passer tantôt.

CLAUDINE.

Eh! bien quoy? est ce un mon-
stre si horrible qu'il soit besoin de
faire tant d'exclamations.

JUNIE.

Non, mais écoute, tu sauras qu'en
allant chez la marchande nôtre voisine, je l'ai vu à dix pas de moy, & me
voiant entrer dans la boutique, il m'y
a suivie, & aprés s'être fait déplier
quelques marchandises pour la forme, il s'est tourné vers moy, & m'a
demandé d'un air aussi respectueux
qu'engageant, si je n'étois pas la
charmante personne qu'il avoit vuë
à la fenêtre, je lui ay répandu naïve-
ment qu'ouy, sur cela il m'a fait
un discours fort éloquent & fort
bien

bien suivi quoy que ce ne fut qu'un
impromtu de son esprit.

CLAUDINE.

Vous en tenez deja sur ma parole.

JUNIE.

Laisse moy donc achever, il m'a
dit qu'il étoit François, & qu'il
vouloit voir tous les Païs-bas, mais
qu'il avoit dessein de faire du séjour
ici, j'ay d'abord deviné quel étoit
son but & je ne m'y suis point trom-
pée, car il s'est enfin hazardé de
me dire, si ce seroit pécher contre
les loix de l'état, si un Cavallier é-
tranger comme luy alloit rendre ses
tres-humbles devoirs à une Dame
comme moy chez elle, je t'avoüe
que j'ay rougi a ce discours, & que
j'ay été un peu surprise, mais reve-
nant a moy, je luy ay dit que non,
mais que ce seroit pécher contre les
loix de la bienseance, & que j'étois
resoluë de les observer exactement,
car en effet quelle aparence, luy ay
je dit, qu'un inconnu aille de but en
blanc visiter une Dame, il faut é-
tre François pour le faire, & femme de peu de conduite pour recevoir
la visite.

CLAU-

CLAUDINE.

Voila qui n'eſt pas tant mal rai-
ſonné pour une jeune fille, mais voyons la ſuite.

JUNIE.

Enfin ſa retorique a renverſé la mi-
enne, il m'a allegué cent raiſons,
ſans pourtant me convaincre tout a
fait, & le reſultat de l'affaire eſt
qu'il m'a arraché la permiſſion de
me venir voir, je t'avouë que j'ay
tort, mais ſi tu avois été a ma place,
tu n'aurois pû faire autrement, cet
homme là a une certaine maniere
d'inſinuer les choſes que je croi que
ma tante même ne pourroit s'en de-
fendre, la permiſſion que j'ay don-
née a été ſuivie de fort prés du re-
pentir, j'ay voulu m'en dédire, mais
c'eſt un homme qui ſcait bien ſe
ſervir des ocaſions que le hazard lui
préſente, & je t'aſſeure que je le redoute extremement.

CLAUDINE.

Eh bien, ſuis une bonne Pro-
pheteſſe, que vous ay-je dit, n'en
voila t'il pas l'acompliſſement, je
s'ay ce que vous m'alez dire, qu'il
n'en eſt encore rien, que ce ne ſe-
ront

ront que de pures civilitez qui se rendront de part & d'autre, & que vous en demeurerez là, allez je vous connois mieux que vous même & dans le fonds je ne vous blame pas, dans la persuasion ou je suis que c'est un honnete homme, au reste y a-t'il une fille à l'epreuve de la fleurette Françoise, les François sont des gens qui ont un merveilleux talent pour debiter les choses, & pour se faire écouter, ce sont des gens qui passent pour faire beaucoup d'impromtus en amour comme en guerre & qui viennent d'abord about de ce qu'ils entreprennent, je veux qu'ils se vantent de bien des choses qu'ils ne font pas, mais la bonne opinion qu'ils ont d'eux mêmes, leur fait hardiment tout entreprendre, & quelquefois ils en viennent about, je vois déja un grand acheminement entre vous deux a un impromtu d'amour, & vous verrez qu'il en sera quelque chose.

JUNIE.

Enfin la faute est faite Claudine, je ne crains que ma tante dans

cette

cette affaire ici mais qu'entends
je . . .

SCENE VII.

CHRISTINE, JUNIE, CLAUDINE.

CHRISTINE.
Personne n'est-il venu me demander.

CLAUDINE.
Non.

CHRISTINE.
Qu'on prenne bien garde à tout
pendant mon absence, je vas faire
un tour en ville, & je serai ici dans
demie heure, vous ma niéce ne
vous éloignez pas de la maison, je
suis toûjours dans des transes & des
apréhensions mortelles qu'il ne
vous arrive quelqu'accident quand
vous n'étes point auprés de moy.

A C.

ACTE II.

SCENE I.

JUNIE-CLAUDINE.

CLAUDINE.

COmme aparemment ce Cavalier François ne manquera point de vous venir voir, je ne sai comment nous ferons pour faire avaler cette pillule a vôtre tante, si elle se trouve ici quand il y viendra, comme cela pourra arriver.

JUNIE.

Toy qui es inventive, si tu pouvois trouver quelque moyen, mais que disje il est impossible, Claudine quelcun vient, qu'est ce j'entens chanter.

SCE:

SCENE II.

L'EPINE, le CHEVALIER, JUNIE, CLAUDINE.

l'Epine a Claudine qui
s'avance vers la porte.

Dites moy ma belle, vôtre charmante Maîtreſſe eſt-elle viſibile.

CLAUDINE.

Qui la demande, s'eſt ſelon les
gens.

L'EPINE.

C'eſt Monſieur le Chevalier de
Liſſac mon Maître que voici.

Le Chevalier entrant ſans
attendre la réponſe.

C'eſt moy ma Fille ne me recon-
noiſſez vous pas.

appercevant Iunie.

Ah! pardon Mademoiſelle, ſi l'impatience Françoiſe ne me permet
pas d'attendre plus long-tems ſa-
chant que j'étois dans vôtre apartement, je brulois, de mon bon-
heur ou de ma diſgrace, car je m'aſ-
ſure que ma preſence dans ce lieu
fait beaucoup ſouffrir vôtre modeſ-

B   ſtie,

ftie , & il faut que je m'attende a
quelque compliment facheux, mais
je tiens qu'il eft impoffible a tout
homme de bon gouft de vivre de-
mie-heure fans vous voir, aprés vous
avoir vuë une fois.

CLAUDINE , *parlant pour*
fa Maîtreffe un peu interditte.

En effet Monfieur je vous avoüe
que vos airs font un peu Cavalliers,
les Dames de Namur ne font pas fi
acceffibles que vous penfez.

JVNIE.

Il eft certain Monfieur que vôtre
hardieffe eft extreme , & il faut ê-
tre le premier favori de la Fortune,
pour être bien reçu aprés une telle
action.

LE CHEVALIER.

Puis-je me flatter Mademoifelle
d'être ce favori bien heureux, puis-
je efperer d'apaifer le couroux que
je vois dans vos yeux, que faut-il faire pour obtenir mon pardon , parlez Mademoifelle, je fuis prêt de
fubir la peine qu'il vous plaira m'-
impofer.

CLAVDINE.

Bon bon , vous allez vous emba-

raffer

raller tous deux de cent frivoles rai-

à *Junie.*

fonnemens, raſſeurez vous Mademoiſelle, ſi Monſieur a fait une in-
congruité, il en eſt fort repentant,
je vous conſeille pour couper court
de luy pardonner ſa faute, a con-
dition qu'à l'avenir, dans d'autres
conjonctures, il uſe de plus de cir-
circonſpection.

LE CHEVALIER

Ah ma Fille tu me rends la vie,
comment t'apelles-tu, il faut que
je mette ton nom ſur mes tablettes,

à *Junie.*

en verité Madamoiſelle vous avez-
là une Fille d'un prix infini & je
voudrois avoir donné la moitié de
mon ſang, & que vous fuſſiez auſſi
miſericordieuſe qu'elle, quoy Mademoiſelle, vous demeurez dans
le ſilence dans quelle cruelle incer-
titude tenez vous mon ame ſuſpen-
due, feroit-il poſſible que vous ne
vous ſentiſſiez pour moi aucun mou-
vement de pieté.

JUNIE.

Que vous êtes preſſant, & ...

B 2 Clau-

CLAVDINE

Ah Mademoiselle nous fommes perduës, j'entens vôtre Tante.

Elles fuyent toutes deux.

LE CHEVALIER

Cruelle me fuyez vous, me voulez vous defefperer ?

SCENE III.

CHRISTINE, Le CHEVALIER L'EPINE.

CHRISTINE *entrant dans la Chambre.*

QU'eft ce-ci, fuis-je bien éveil-lée, font ce deux hommes que je vois dans la chambre de ma Niece.

LE CHEVALIER

Ouy Madame, je fuis un témeraire, qui meriterois de reffentir les plus feveres effets de vôtre vengeance, pardonnez aux prémiers tranfports d'un amour violent, je fuis le feul coupable & le feul digne d'être puny. Ma hardieffe a fait difparoître le charmant objet que j'adore, & j'en cours moy feul toute

te voftre indignation, vous com-
prenez affez que fans fa permiffion
je me trouve dans fon apartement,
& la fuite en eft un témoin irre-
prochable, fi vous avez jamais ai-
mé Madame, vous pourrez un peu
moderer vôtre emportement, &
faire paroiftre au travers de vôtre
colere quelque rayon de bienvail-
lance à l'homme du monde le plus
repentant & le plus foumis.

*Chriftine, trouvant le Cavalier fort à
fon gré.*

Si je voulois m'abandonner à
tout ce que ma colore m'infpire,
je vous ferois fentir qu'une femme irritée eft quelque chofe de re-
doutable, mais quand on rampe
& qu'on fe foumet comme vous
faites, on fufpend fa vengeance,
je m'informerai de ma niece de la
verité du fait, cependant retirés
vous afin de laiffer évaporer ma
mauvaife humeur, & revenez tantôt, afin que je vous confronte a-
vec elle.

L'EPINE, tout bas.

La bonne Dame n'eft pas intrai-
table.

LE

LE CHEVALIER

Ah Madame vous me comblés de graces, cette surprenante generosité, imprime dans mon cœur tant de reconnoissance que vos interéts vont desormais m'étre plus chers que les miens, vos bontez je l'avoüe me charment & me raviffent, d'autant plus que je ne les esperois pas, enfin Madame pour ne pas contrevenir à vos ordres, je me rétire.

Christine appelle Claudine.

SCENE IV.

CHRISTINE, *seule.*

EN verité ce Cavalier est bien heureux de m'avoir d'abord inspiré des sentimens favorables pour luy, sans cela j'aurois pû m'en venger cruellement, mais ces manieres fines, & d'habile cortisan m'ont defarmée, & je commence à fentir pour luy quelque chofe qu'on ne fent pas pour tout le monde, jufqu'a prefent, j'avois fait affez peu de cas des hommes, mais celui

lui-ci merite mon eftime, il eft vrai
que je ne fuis plus dans la grande
jeuneffe, & que fi je me veux rendre
juftice, je ne dois pas me flatter de
donner beaucoup d'amour à ce Cavalier, pourtant il me femble que
j'ay encore affez de charme pour

Elle fe regarde dans le miroir.

captiver un cœur, * & quand je
me regarde j'en fuis prefque convaincüe, de plus il y a dans ce monde cens petits moyens pour repa-
rer les ravages des années, il y a
du blanc d'Efpagne, il y a du ver-
millon, il y a des mouches, s'il
nous manque des dens nous con-
noiffons des ouvriers qui en font
de trés-belles d'yvoire, fi nous
puons, nous avons recours aux par-
fums, & en cas que j'aye ma part
de ces petites infirmitez, j'y faurai
donner ordre, il faut pourtant que
j'aye encore quelques beaux reftes,
car j'ay remarqué que ce Cavalier
en me parlant laiffoit tomber de
temps en temps quelques regards
languiffans fur moy qui me font des
garans furs des effets que peuvent
encore produire les reftes de ma
B 4   beau-

beauté, pour parvenir a mes fins,
il faut que je le detourne de sa pas-
fion pour ma Niece, que je luy re-
prefente qu'elle a un tendre engagement ailleurs, & j'espere par ce
moyen venir à bout de mon entre-
prife. Car il......

SCENE V.

CLAUDINE, CHRISTINE.

CLAUDINE, *écoutant à la porte,*
entre.

Madame m'apellez-vous?
CLAUDINE.
Et par l'ordre de qui je vous
prie eft-ce que les plumets s'in-
troduifent chez moy?
CLAUDINE.
Par l'ordre de Madame de
eur caprice & de leur fantafie, é-
tant à la feneftre tantoft nous a-
vons vû paffer cet homme, qui a
falué Madamoifelle voftre Niéce,
& l'a regardée trés attentivement,
depuis il l'a vue dans la boutique
de la Marchande, voftre voifine, &
c'en

c'en étoit affez à fon avis pour nous venir rendre vifite, fi-toft qu'il eft entré nous avons pris la fuite.

CHRISTINE.

Et depuis quand ces oifeaux-là vous font-ils fuir, fachez que m'a-yant fait beaucoup de foûmiffions, je luy ay pardonné fon effronterie, & il doit revenir bien-toft pour juftifier ma Niece, car je la foubçonnois de quelqu'intelligence, je fuis affez fine pour m'en apercevoir quand je les verrai enfemble, en cas qu'il y en ait.

CLAUDINE, bas.

Vous étes bien radoucie quel changement d'humeur.

CHRISTINE.

Claudine fui-moy dans cette chambre.

B 5   AE

ACTE III.

SCENE I.

LE CHEVALIER, L'EPINE.

LE CHEVALIER

QUe te semble l'Epine de cette vielle lanterne qui nous esta parue si mal a propos dans la chambre de ma maistresse.

L'EPINE.

Je la trouve fort singuliere dans son espece & si je ne me trompe, vous luy avez donné dans la visime, car il me semble qu'elle nous a traitez assez humainement.

LE CHEVALIER

Oh! morbleu je n'en doute pas, & ce n'est pas la premiere vieille que j'ay renduë folle, mais je ne brigue pas ses faveurs, j'ay dessein de l'amuser de quelques œillades que je scai mettre en pratique dans l'ocasion, afin de voir plus facilement sa Niéce, & pour te dire la verité je crois que cette jeune beauté ne me sera pas cruelle.

L'E-

L'ÉPINE

Pour moi je la confidere deja comme un bien qui vous apartient.

LE CHEVALIER.

Tu as raifon, fui-moy alons y de
pas.

SCENE II.

JUNIE, CLAUDINE.

CLAUDINE

AH Mademoifelle, que vous allez rire, vôtre Tante eft a-
moureufe a la folie de nôtre nouvel
amant.

JUNIE.

Je n'ay pas de peine à le croire,
mais comment le fais-tu?

CLAUDINE.

J'écoutois à la porte quand elle
m'a appellée, & elle a regalé mes
oreilles des plus beaux raifonne-
mens du monde, enfin elle en a
tant dit que je fuis convaincuë qu'
elle en eft amoureufe, & nous devons bien rendre graces à l'amour,
car fans luy il y auroit eu bien d'autre bruit au logis, enfin l'affaire s'
eft paffée bien doucement, le Ca-

B 6   va.

valier luy a fait de grandes foumif-
fions, elles les a bien recuës, il s'eft
donné tout le tort, & il doit revenir bien toft, j'entens monter quelqu'un, ah c'eft Monfieur le Chevalier.

SCENE III.

LE CHEVALIER, JUNIE, L'EPINE, CLAUDINE.

LE CHEVALIER.

MAdemoiſelle quoy que je ne redoute plus rien de la part de
Madame vôtre Tante, je ne laiſ-
ſe pas d'entrer ici en tremblant,
dans l'incertutide où je ſuis encore
de l'état de mes affaires auprés de
vous.

CLAUDINE.

Entrez Mr. le Chevalier vos affaires ne vont pas mal ſur ma parole.

JUNIE.

Tu es bien promte à parler pour
moy, (*au Chevalier*) j'avoüe Monſieur
que j'aurois peut-être aſſez de foi-
bleſſe pour vous écouter, ſi mon
cœur n'étoit point engagé ailleurs,
& ſi...

Vous.

CLAUDINE

Vous me faites enrager quand vous
parlez d'engagement, pourriez-vous
affirmer ici fans trahir vos fenti-
mens que vous aimez don Alvaros,
ah! que ne fuis-je a choix comme
vous de ces deux amans, je...

L'Epine a fon Maître.

Je croy Monficur que vous avez paié
cette fille pour fi bien plaider vôtre caufe.

CLAUDINE

On dira ce qu'on voudra je ne
puis m'empefcher de prendre le
parti des gens de merite & je fai que
ma Maîtreffe en elle-même eft de
mon fentiment, a quoy bon tant fi-
neffer, mais on ne feroit pas fille fi on
ne diffimuloit.

Le Chevalier, à Junie.

Serois-je affez fortuné Mademoifelle pour eftre auffi bien dans vôtre efprit qu'on me le veut perfua-
der, fi cela étoit je conterois ce
jour pour le plus heureux de ma
vie &...

SCE-

SCENE IV.

CARISTINE, JUNIE, CLAUDINE, LE CHEVALIER, L'EPIEE.

CHRISTINE

TOut beau, tout beau, Mr. le Chevalier, moderez un peu vos transports, savez vous que si je vous permets d'entrer chez moy, ce n'est point pour que vous en contiez à ma Niéce.

LE CHEVALIER.

Ah ! Mademoiselle je n'ay garde de faire une pareille faute, je tachois seulement de calmer l'extreme couroux où l'avoi mise ma hardiesse, & si vous ne m'acordez vôtre genereuse entremise, je cours risque de n'être pas si-tôt de ses amis.

CHRISTINE.

Que cela ne vous inquiete pas, dormez en repos la dessus, il vous suffit d'avoir déja éprouvé ma clemence; je vous dirai seulement en passant, que ma Niece ne depend plus d'elle, & qu'un autre en est le maistre; ainsi je vous conseille de n'y plus penser, il est d'autres beautez dans ce lieu qui me-

autant qu'elle vos affiduitez, & fi
vous avez tant foit peut le bon
gouft, vous ne balancerez pas fur
le choix.

LE CHEVALIER.

Vos raifons Mademoifelle, font
trop bonnes pour ne les pas écouter, mais permettez moy de refle-
chir un peu deffus avant que de m'y
rendre.

CHRISTINE.

Il me femble que les reflexions
ne font pas ici fort de faifon, & fi
vous étiez tant foit peu clairvoiant,
vous liriez dans mes yeux, ce
que ma bouche n'oze pas expri-
mer.

LE CHEVALIER, bas.

Eft-elle folle, *haut*, je vous a-
voüe Mademoif. que j'ay aujourd'-
huy l'efprit un peu bouché, bien
que ce ne foit pas mon ordinaire,
& fi vous ne me parlez en termes
plus intelligibles, tout ce que vous
me dites, fera une enigme inexpli-
cable pour moy.

CHRISTINE.

Ah je ne penfois pas que ma niéce étoit prefente, je vous entreti-
endrai

endrai plus amplement de cette affaire une autrefois, les jeunes filles comme elle, ne doivent point être informées de ces fortes de chofes.

CLAUDINE a Chriftine.

Il y a une Dame Mademoifelle dans cette antichambre qui vous attend impatiemment, fi vous aviez la bonté de l'aller trouver.

Chriftine fort.

L'EPINE, a fon Maiftre.

En effet Monfieur je croy que vous avez raifon, vous avez fans doute detraqué l'efprit de cette bonne Demoifelle.

JUNIE.

Il eft certain que je n'y compreñs rien, & ceci me furprend extrémement; je n'ay jamais vû ma tante dans de pareils égaremens.

CLAUDINE

Ne vous avois-je pas bien dit qu'elle étoit déja coiffée de Mr. au Chevalier, & quel terrible homme étes-vous de troubler ainfi la raifon, d'une pauvre femme qui vous reçoit fi civilement chez elle.

LE

LE CHEVALIER.

Ecoute Claudine cette conque-
ste ne flatte pas mon ambition, cel-
le de ta charmante Maitresse est la

à Junie.

seule où j'aspire, quoy mon ado-
rable, est-il possible que vous ne
puissiez aimer un homme qui ne
croit pas qu'il y ait au monde un
plus grand bien que celuy d'estre
dans vos bonnes graces, & qui
vous prefere a toutes les beautez de
la terre.

JUNIE.

En verité Monsieur ce seroit en
vain que je voudrois m'en defen-
dre davantage, vous violentez les
gens d'une maniere, qu'on est obli-
gé de se rendre & de demander
quartier.

LE CHEVALIER.

Je ne scai Mademoiselle si j'ay
bien entendu, je doute tant de
mon bon-heur, que je ne me fie pas
a mes oreilles, repetez je vous prie
ces charmantes paroles.

CLAVDINE

De grace Mr. n'obligez point
ma Maitresse a cette repetition,

VOVS

vous ferriez trop patir sa pudeur,
il suffit je vous répons d'elles.

Junie s'en va.

Voyez vous elle a disparu, son
peu d'experience dans les choses
luy donne tant de crainte, qu'elle ne peut soûtenir vôtre presen-
ce, aprés ce quelle vous a dit, je
m'en vais aprés elle, & soyez per-
suadé que tout va bien pour vous.

elle part.

SCENE V.

LE CHEVALIER, L'EPINE.

LE CHEVALIER.

Enfin c'en est fait, je suis asseuré du cœur de ma Maîtresse, rien
ne m'en peut faire douter.

L'EPINE.

Ie le veux croire Mr. mais savez
vous bien quelle sorte d'animal c'est
qu'une femme, savez vous que rien
n'est plus caché & plus impenetra-
ble, & par consequent rien de plus
dissimulé.

LE CHEVALIER.

Et depuis quand estu Philoso-
phe

phe, où as tu apris de si belles
choses, va va, je sai ce que je sai,
& je suis asseuré qu'elle m'aime,
conte la dessus, mais il faut que je
fasse un tour en Ville.

Ils sortent.

SCENE VI.

CHRISTINE, seule.

ILs sont tous sortis, où seroit al-
lé le Chevalier, qu'est devenuë
ma niéce, asseurement il est a-
moureux d'elle, & elle de luy,
j'en suis trop convaincüe il n'a pas
presque daigné me regarder, l'ingrat n'a que trop entendu ce que je
voulois dire, mais comme il ne sent
rien pour moy, il a feint grossiere-
ment de n'y rien comprendre, ne
perdons point courage pourtant
pour cela, il n'a pas encore eu le
temps de me bien considerer il ne
sait pas ce que je vaux, il faut que
ménage un tête a tête avec luy, &
que je prenne bien mes mesures
pour n'être interrompuë de personne.

fonne, cependant je tremble de peur qu'il ne demeure infenfible, & s'il ne m'aime pas, j'en mourai de douleur, ne fuis-je pas bien malheureufe de me mettre en tête ce jeune éventé, qui fans doute, me tournera encore en ridicule; & voila toute la recompenfe que je dois entendre de ma tendreffe, cette cruelle penfée me defefpere, fortons un peu pour diffiper s'il eft poffible ce chagrin cuifant. *Elle fort.*

SCENE VII.

JUNIE, CLAUDINE.

JUNIE.

ENfin ma chere Claudine, j'aime le Chevalier, je ne m'en puis deffendre, tu diras tout ce que tu voudras, je viens de luy écrive un petit billet, qui le convaincra abfolument de ma paffion.

CLAUDINE.

C'eft que vous étes plus hardie fur le papier qu'en converfation. Mais cela viendra avec le temps, au refte je ne faurois vous blamer

de

de l'amour que vous faites paroître, au Chevalier, c'est selon moy un homme qui merite fort d'être distingué.

Le Chevalier entre parlant à son valet.

Qui t'a donné ce billet, (*voyant Junie*) ah Mademoiselle, je ne vous croyois pas si proche de moy, je suis dans l'impatience d'ouvrir ce que mon valet vient de me donner, pardonnez à mon empressement.

Il lit.

Quand des gens faits comme vous s'avisent d'en conter il faut être une vertale pour faire la sourde oreille, cela signifie en bon François que je ne vous ay que trop écouté, & que vous êtes Maître de Cœur de Junie.

Ah! qu'ay je fait Mademoiselle quelle indiscretion, d'avoir lu haut ce...

CLAUDINE.

On vous pardonne, vous êtes assés des amis de la maison pour cela il encoure a ma Maîtresse quelque con-

confufion, mais qu'y faire c'eft un mal que le hazard a produit, & dont perfonne ne mourra.

CHEVALIER.

Vous me raviffez & me comblez de joye en m'a feurant que mon etourderie n'aura point de facheufe fuite, (*il embraffe les genoux de Junie*) & vous ma charmante Maitreffe, aurez vous affez de bonté pour moy pour excufer ma fottife, je me flatte d'obtenir mon pardon, puis que l'innocence y paroit fi évidemment, l'exces de la joye ou je fuis ne me permet pas de faire la deffus une plus grande reflexion, employon mieux ces momens que l'amour nous acorde & jurons nous une fidelité éternelle ouy Mademoifelle, je fuis fi charmé de toutes vos bontez qu'il n'y a que la mort feule capable d'en effacer le fouvenir dans un cœur auffi reconnoiffant que le mien.

JUNIE.

Allez je vous pardonne & fi je fuis affés foible pour vous rendre maitre de mon cœur, ne divulguez point

point ce secret, & ne vous vantez
point de vôtre victoire.

SCENE VIII.

JUNIE, LE CHEVALIER, CHRISTINE, LE COM-TE, PYRAME, LI-SIDOR.

*Christine entre, le Comte
la tenant par la main.*

EN verité ma Niece j'ay une sensible obligation à ces Messieurs,
leur generosité m'a tirée d'un grand
embaras, j'étois un peu sortie pour
prendre l'air & pour faire diversion
à mon inquietude, acompagnée de
mon petit laquais seulement &
m'étant avancée sans y penser dans
un lieu un peu écarté, deux bandis
sont venus m'aborder, & m'ont
menacée de violence, si je ne leur
donnois ma bourse, ou faute d'ar-
gent les bijoux que j'ay sur moy, par
un bonheur extréme, ces Messieurs
ont paru, & ayant d'abord pris ga-
lamment mon party, ils ont donné
la

la chaffe a ces coquins, & m'ont
fait la grace de m'efcorter jufqu'à
mon logis; affeurement je ne fuis
pas encore bien revenue de ma
frayeur.

LE COMTE.

C'eft avec bien du plaifir Madame que nous vous avons rendu ce
petit fervice, & nous ferions au de-
fefpoir qu'en noftre prefence, on
eût eu l'audace d'infulter une perfonne de voftre rang & de voftre
merite.

JUNIE.

Je prend tant d'intereft Meffieurs
en tout ce qui regarde ma tante,
que le fervice que vous luy avés fi
genereufement rendu, m'oblige tout
autant qu'elle....

LE COMTE.

Je ne faurois m'empefcher de dire
Mademoifelle que je ne fuis point
faché que ce petit malheur foit arri-
vé à Mademoifelle voftre tante,
puis qu'il me procure quoy que d'u-
ne maniere affez bifare, la con-
noiffance d'une perfonne auffi charmante que vous, il me fouvient que
j'ay fouvent paffé devant vôtre mai-

ſon, mais je ne ſavois point qu'elle renfermas un tel bijou, & ſi nous en avions été informez mes amis & moy nous aurions employé le verd & le ſec pour l'aprocher, quoy qu'il en euſt du couter a nôtre liberté.

LISIDOR.

Mais peut-être ſommes nous ici des troubles, fête nous, interrompons la converſation de Monſieur & de Mademoiſelle je m'aſſeure qu'ils ne nous attendoient pas.

LE CHEVALIER

Je vous avoüe bien Meſſieurs que non, cependant cette ſurpriſe ne peut que nous être agreable.

LE COMTE.

Ah ! ſi vous diſiez ce que vôtre cœur penſe vous nous feriez un autre compliment.

CHRISTINE.

A ça Meſſieurs nous parlerons de cela une autrefois alons faire un tour de jardin, j'ay envie de vous faire voir ma maiſon.

C AC-

ACTE IV.

SCENE I.

LE COMTE, LISIDOR, PY‑RAME.

LE COMTE.

ET bien Messieurs vous ne saviez pas que Namur renfermoit dans son sein une telle merveille.

PYRAME.

Asseurement c'est une grande beauté, & un esprit aussi fin & aussi delicat que j'en connoisse.

LE COMTE.

Vous avez vu que je suis assez bien avec sa tante & qu'elle nous a priez de la retourner voir, je vous avoüe que je suis charmé de sa Niece & que je forme de grands desseins sur son cœur & cette conquête me paroît d'autant plus glorieuse, que je la crois maîtresse de ce Cavalier François qui s'est promené avec nous, je meurs d'envie de le supplanter, & je m'en vas songer serieuseeufement, à attaquer la belle dans les formes.

LISIDOR.

A vous dire le vray je ne crois pas la chofe impoffible, & joint à ce que le fexe eft changeant vous valez pour le moins autant que luy.

LE COMTE.

Retournons y je vous en conjure, je ne faurois plus vivre fans elle.

Ils fortent.

SCENE II.

LE CHEVALIER, L'EPINE.

LE CHEVALIER.

IL me femble que ce Comte Anglois eft bien échaufé, il ne donnoit point de repos a ma Maîtreffe dans le jardin, & m'interrompoit à tous momens, jufques-là que j'ay penfé le brufquer, mais j'ay eu affez de prudence pour me retenir.

L'EPINE.

Si je ne me trompe il eft vôtre rival.

C 2　　　LE

LE CHEVALIER.

Oh ! je ne le redoute pas, je viens
d'avoir un tête a tête avec ma Maîtreſſe qui me met fort a repos de
ce côté-là, & de plus, je luy ay en-
ſeigné certains ſecrets qui ne ſont
connus que des amans rafinez &
qui la mettront à l'épreuve des
attaques les plus rigoureuſes des a-
mans.

L'EPINE.

Ainſi vous la croyez impraticable
à tout autre qu'a vour.

LE CHEVALIER.

Sans doute, & peux tu douter de
cette verité, je puis aſſeurer que
quoy que l'amour que j'ay donné
a cette belle ne ſoit qu'un impromptu de ma bonne mine, il demeu-
rera conſtamment dans ſon cœur,
& même je me perſuade qu'il y a
déja pris de ſi profondes racines
que tous les Comtes de l'univers
enſemble ne pourroient l'en arra-
cher.

L'EPINE.

Je ſouhaite de tout mon cœur
que vous ne vous trompiez point
dans vôtre opinion, mais croyez
vous

vous qu'il n'y ait que les François capables de faire des impromtus, cet Anglois m'a bien la mine d'être un homme a en faire ausſi, mais qui eſt ce qui va tant & vient là bas, il ſemble que cet homme eſt égaré de ſon chemin, aprochons.

LE COMTE *cherchant la maiſon de Junie, parle à l'Epine ſans le connoître.*

Holà ! mon ami dy moy un peu, où demeure ici Mademoiſelle Chriſtine, j'ay une mechante memoiré, je ne puis retenir les chemins.

L'EPINE.

Je ne ſcai Monſieur. Je ne la connois pas.

LE CHEVALIER

Fort bien répondu.
(Le Comte reconnoiſſant le Chevalier.

A ! Monſieur le Chevalier qui croyoit vous rencontrer dans ce lieu.

LE CHEVALIER.

Monſieur le Comte je ne vous attendois pas non plus, vous cherchez quelqu'un dans ce quartier a ce qu'il me ſemble. LE

LE COMTE.

Je vous avoüe franchement que j'allois voir Mademoiselle Christine, & à propos je croy que voila sa maison, je ne pensois pas en être si proches.

LE CHEVALIER

La Niéce a mon avis a plus de pert a cette visite que la veille tante.

LE COMTE.

Vous pouvez le penser car entre nous la tante est un mets bien rassasiant, quand on l'a vuë une-fois c'est assez pour toute sa vie, cependant il faut luy faire la cour malgré qu'on en ait pour avoir accez auprès de la Niéce, & je crois que toute antique qu'elle est, elle aime encor la fleurette.

LE CHEVALIER

Monsieur je serois faché de vous tenir ici plus long-tems poussez vôtre pointe, adieu.

SCE-

SCENE III.

JUNIE, CLAUDINE.

CLAUDINE
Et bien Mademoiſelle, vous vous
étes entretenuë aſſez long tems avec
ce Seigneur Anglois le cœur vous
en dit-il.

JVNIE.
Ie penſe que tu es folle, & què
tu t'imagines que je ſuis amoureuſe
de tous les hommes que je vois, ne
ſais tu pas mon foible pour le Chevalier, & que je l'aime a la folie.

CLAUDINE.
Ie le ſais bien, mais je demande ſeulement ſi vous ne le trouvez
pas bien fait, & d'un tout fort ga-
lant.

JUNIE.
Aſſeurement.

CLAUDINE.
Et que ſi vous, n'aimiez déja le
François vous ſeriez aſſez d'humeur
de vous donner a l'Anglois n'eſt ce
pas.

IU-

JUNIE.

Je te prie fai moy le plaisir de te
taire & ne me parler plus sur cette
matiere, car...

SCENE IV.

CHRISTINE.

ALlez vous en là-bas, entrete-
nir la compagnie que j'y ay
laissée, & me laissez ici sans repliquer.

elles sortent.

Le Comte est la bas avec ses amis,
je scai que je luy ferai plaisir de luy
envoyer ma Niéce cet Anglois merite bien son attachement & j'espere par ce moyen-là detourner du
Chevalier que je distine pour moy,
il s'imaginera que ma Niéce aime le
Comte, & quand il ne m'aimeroit
que pour se venger d'elle, je serai
contente, j'ay envoyé dire au Chevalier de sa part qu'il vienne ici
tout a l'heure, il ne manquera pas
de monter tout droits à cette chambre où il ne trouvera pas ce qu'il
cherche, mais j'entens monter.

SCE.

SCENE V.

CHRISTINE.

LE CHEVALIER *entrant.*

JE ne croyois point eftre affez-tôt ici Madem. pour.... mais qu'eft ceci.

CHRISTINE.

Ne vous troublez pas Chevalier, une femme feule dans une chambre eft-elle capable de vous épouvanter, r'affeurez vous , vous n'êtes pas chez vos ennemis , je vois bien que vous étes furpris de ne trouver pas ici ma Niéce & de me ren contrer en face d'une maniere fi peu attenduë de vous, je veux bien vous aprendre qu'elle ne vous aime point, & qu'a l'heure qu'il eft , elle eft en converfation tendre avec le Com te, vous paliffez ainfi fuivez mon confeil abandonnez cette volage,& portez vôtre amour chez une per fonne plus raffife , ce feroit bleffer ma pudeur de vous dire de le porter chez moy vous favez qu'il n'eft pas

C 5, de

pas de la modeſtie d'une femme, de tenir de pareils diſcours, mais vous avez de l'Eſprit, vous vous imaginez aſſez ce que cela veut dire.

LE CHEVALIER *ſans ſonger qu'il eſt avec Chri-ſtine.*

Belle Iunie je ne vous ferai point le tort, de croire que vous m'étes infidelle, ce ſont des langues pernicieuſes & diaboliques, qui veulent me perſuader que vous ne m'aimez plus, non il n'eſt pas poſſible qu'un objet ſi charmant ait un ſi grand deffaut que celuy de l'infidelité, arriere de moy cette penſée funeſte, & tous ceux qui veulent m'y confirmer.

CHRISTINE.

Etes vous hors du ſens Chevalier, ſavez vous que je ſuis auprés de vous, & que je vous fais une faveur que cent autres que vous chercheroient au peril de leur vie, quoi contez vous pour rien, qu'une femme auſtere comme moy vous donne un pareil rendez-vous, combien croyez vous que j'age combatu ma
mo-

modeſtie & ma vertu pour en venir
là.

LE CHEVALIER.

Ah! Divine Iunie puiſſent perir
tous ceux qui me parlent à vôtre
deſavantage, la foudre & le ton-
nerre ne ſuffiſent pas pour leur pu-
nition, il faut inventer des ſupli-
ces nouveaux, pour torturer ces
execrables, je ne veux point d'autres preuves de la ſincerité de vôtre amour que le billet charmant que
vous m'avez écrit.

CHRISTINE

Ah! c'eſt trop ſouffrir, je ne puis
plus entendre ces diſcours paſſion-
nez puis que je n'en ſuis pas la matiere, & que.....

LE CHEVALIER.

Pourtant tachons de nous éclair-
cir, & voyons ſi nous pourrons
découvrir quelque choſe de con-
vaincant.

il ſort.

CHRISTINE.

Ah! ingrat, tu ne daignes pas
ſeulement me parler, tu ne ſais
point juſqu'ou peut aller ma vengeance, & ma rage eſt ſi grande
que

que je te hais autant que je t'aimay.

elle sort aprés luy.

SCENE VI.

CRISPIN, L'EPINE.

L'EPINE.

Qui es tu mon amy?

CRISPIN.

Qui je suis! je suis le valet de mon Maître & toy comment t'apelles-tu.

L'EPINE.

Comme mon Pere, mais tu as de l'esprit, je vieux bien t'aprendre, que je me suis nommé autrefois comme mon Pere, mais presentement j'ay une Seigneurie, je m'apelle Mr. de l'Epine.

CRISPIN.

Mon amy tu m'a la phisionnomie d'être quelque valet, touche-la, je croy que nous ne nous en devons point de reste.

L'EPINE.

Taupe, mais par parenthese, tu as l'air bien aveilli, tu as la mine d'être d'être le valet de quelque amoureux, tu m'as bien l'encolure d'un porte poulets.

CRISPIN.

Scais tu tirer l'horoscope.

L'EPINE.

Et qui t'a apris ces gros mots, mais rallerie apart, n'as-tu point au service de quelqu'Anglois.

CRISPIN.

Pourquoy.

L'EPINE.

Pour rien, di seulement.

CRISPIN.

Ouï mon Maître, s'apelle le Comte de Schelton, tu voudrois bien que je te disse qu'il a une belle Maîtresse, qu'il a faite toute fraichement.

L'EPINE.

Et tu voudrois bien que je te disse que c'est la même a qui mon Maître en contre, mais tu n'as qu'a dire à ton Comte que ce n'est pas pour luy que le four chaufe, & que mon Maître est Maître de sa Maîtresse, entens tu.

CRISPIN.

Soit, je t'asseure que tout cela
m'in-

m'inquiete fort peu, mais j'entens la voix de mon Maître.

SCENE VII.

LE COMTE, JUNIE, CLAU-DINE, CRISPIN, L'E-PINE.

LE COMTE *à Junie qu'il tient par la main.*

JE puis vous avouër Mademoiselle que j'ay presque mis toute ma rethorique a bout auprés de vous, & que je n'ay jamais vû une Dame plus inébranlable que vous étes, j'ay déja eu une longue conversation avec vous, ou j'ay mis en usage tout ce qu'un amour violent peut inspirer, & j'ay trouvé jusqu'ici une resistance extraordinaire a ma flame.

CLAVDINE.

Si vous n'avez pas encore beaucoup avancé vos affaires, ce n'est pas du moins la faute de vos deux amis, ils ont assez pris vôtre parti contre le pauvre Chevalier, ils ont
assez

aſſez allegué à ma Maîtreſſe l'incon-
ſtance, la legreté, & la vanité Françoiſe, enfin ſi elle ſe rend a vos pour-
ſuite ils auront bonne part a la gloire de ſa défaite, il faut pourtant vous
avouer que vous la ſavez bien attaquer, & je ne puis m'empeſ-
cher d'admirer ſa force & ſon courage.

L'EPINE bas.

Tout ce galimathias ici, quoyque
je ne l'entende guere, ne me préſage rien de bon pour mon pouvre
Maître.

CLAUDINE continuë.

Cependant, je croy que ſes plus
grands coups ſont donnez, un vi-
goureux aſſaut encore, la mettra tout
a fait à la raiſon.

JUNIE.

Je ne ſcais en quelle école tu as
appris toutes ces belles choſes.

au Comte.

Pour vous Monſieur je vous prie de
de grace de me laiſſer reſpirer, &
de ſuſpendre un peu vos empreſſe-
mens.

CLAUDINE

C'eſt une bonne marque Monſr.
de

de ce qu'elle vous dit cela , elle
vous donne finement a connoiſtre ,
qu'aprés qu'elle & vous ſerez un
peu repoſez , vous ne la fâcherez
pas ſi vous recommencez , remar-
quez en paſſant la ruſe & la ſubtilité des femmes , je remarque même déja qu'elle vous regarde ten-
drement, s'en eſt fait, croyez moy
elle eſt a vous c'eſt a ces Meſſieurs
ici a faire des impromptus , & non
pas a ces Chevaliers à la Françoiſe, cela s'apelle faire l'amour finement, & attaquer une belle dans les
formes.

LE COMTE.

Et bien Mademoiſelle fleurcet-
te Françoiſe eſt elle encore de vôtre
goût, ne puis je me flater de vous faire pencher de mon côté vous voyez
dans mes yeux, ſur mon viſage, dans
ma contenance, & dans mes geſ-
tes, les plus vives marques d'amour
d'un amant paſſionne puiſſe donner
a ſa Maiſtreſſe & a moins que d'ê-
tre l'inſenſibilité même il ne ſe peut
que vôtre cœur n'ait déja reçu quelqu'ateinte, c'eſt ce cœur Mademoiſelle que je m'eforce de tou-
cher,

cher , c'eſt ce cœur que je mets au
deſſus de tous les Empires du monde,
& a la poſſeſſion duquel , j'aſpire
avec tant d'ardeur , parlez Mademoiſelle , & ne deſeſperez pas un
amant tendre & fideles comme
moy.

JUNIE.

A quels rudes combats me vois-
je expoſée , ce dernier eſt encore
plus fort que le premier , je vois
bien Comte qu'il faut ſe rendre, qui
vous a ſi bien découvert les endroits
ſenſibles de mon Cœur , je me donne à vous comme au plus fort &
au plus aimable, & puis que…

Pirame entre tout d'un coup.

SCENE VIII.

PIRAME , LE COMTE , JU-
NIE, CLAUDINE.

PIRAME.

JE vous ay cherchez par tout & je
croyois que vous étiez perdus ,
nous nous ſommes promenés quelque temps mon camarade & moy
dans l'Antichambre , pour vous fa-
ci-

ciliter le moyen de mieux entrete-
nir Mademoiselle, je ne ſçai preſentement ou eſt Liſidor, mais je
me conſole de vous trouver ici.

CLAUDINE

Ah, Monſieur, nous ne nous perdons pas comme cela, nous ſavons
trop bien les étres decéans. Je vois
bien à voſtre mine que vous vou-
driez ſavoir ſi Mr. le Comte à ré-
üſſi dans ſon deſſein, vous n'avez
qu'à le conſiderer, vous luy verrez
une phiſionomie contente, qui vous
aſſurera de ſon triomphe.

Le COMTE, à Pirame

Il eſt vray cher amy, j'oſe me
flatter devant Madame, que j'ay
preſentement quelque part à ſon
Cœur pour ne pas dire que je l'ay
tout entier, vous m'entendez.

CLAVDINE au Comte

Mr. vôtre amy a de l'eſprit il en-
tend a demi mot.

PIRAME

Ainſi Mr. le Comte, vous ſup-
plantez le Chevalier, je me figure
bien que ce n'a pas été ſans peine,
mais plus la reſiſtance qu'on fait à
l'aſſaillant eſt grande, plus il en rem-
porte de gloire s'il eſt enfin victo-
rieux, je crois entendre Liſidor.

SCE

SCENE IX.

LISIDOR, PIRAME, JUNIE, LE COMTE, CLAUDINE, CRISPIN.

LISIDOR.

JE viens tout hors d'haleine, vous aprendre une chose, a laquelle je ne m'attendois pas si tost, c'est que je viens de voir le Chevalier François monter à cheval, qui à ce qu' on m'a dit s'en va en poste à Paris, parce qu'il a apris de son valet, que sa Maistresse luy étoit infidelle, il s'en va à la cour de France d'épaiser son chagrin, cependant comme je vois, le voila debusqué, & il a été contraint de quitter la partie.

LE COMTE

Quoyque j'aye bien de la joye de son éloignement, je ne puis m'empêcher, de plaindre son sort.

CLAUDINE.

Ah certes je m'en dédis, ce n'est plus aux François à faire des impromptus, c'est à ces Messieurs qu'il en faut donner toute la gloire, & comme on dit qu'un clou chasse l'au-

tre

tre, un impromptu, chaffe l'avtre impromptu, il femble que Mr. le Comte n'ait fait d'autre métier toute fa vie, quel rédoutable affaillant, les impromptus à la Françoife, foit en amour ou en guerre ne font plus de faifon, c'eft un fruit que le terroir de France n'a plus la force de produîre, fon foleil eft fur le retour.

CRISPIN

Puis qu'on en eft tant aujourd'hui fur les impromptus, écoute Claudine, mon maître vient d'en faire un avec ta maîtrefle, faifons en un tous deux auffi.

CLAUDINE.

Qui moy avec toy, tu n'y penfes pas voyez un peu quel vifage pour un impromptu d'amour, fauf le refpect que je dois à Mr. le Comte, tu eft un vilain mâle.

KRISPIN

Claudine vous faites bien la degoutée.

CLAUDINE

Degoûtée ou non, je n'en veux rien faire, mais je confeille a toutes filles de bon fens, que fi elles aprehendent les impromptus d'amour, elles évitent les aproches, d'hommes faits comme Mr. le Comte,

F I N.

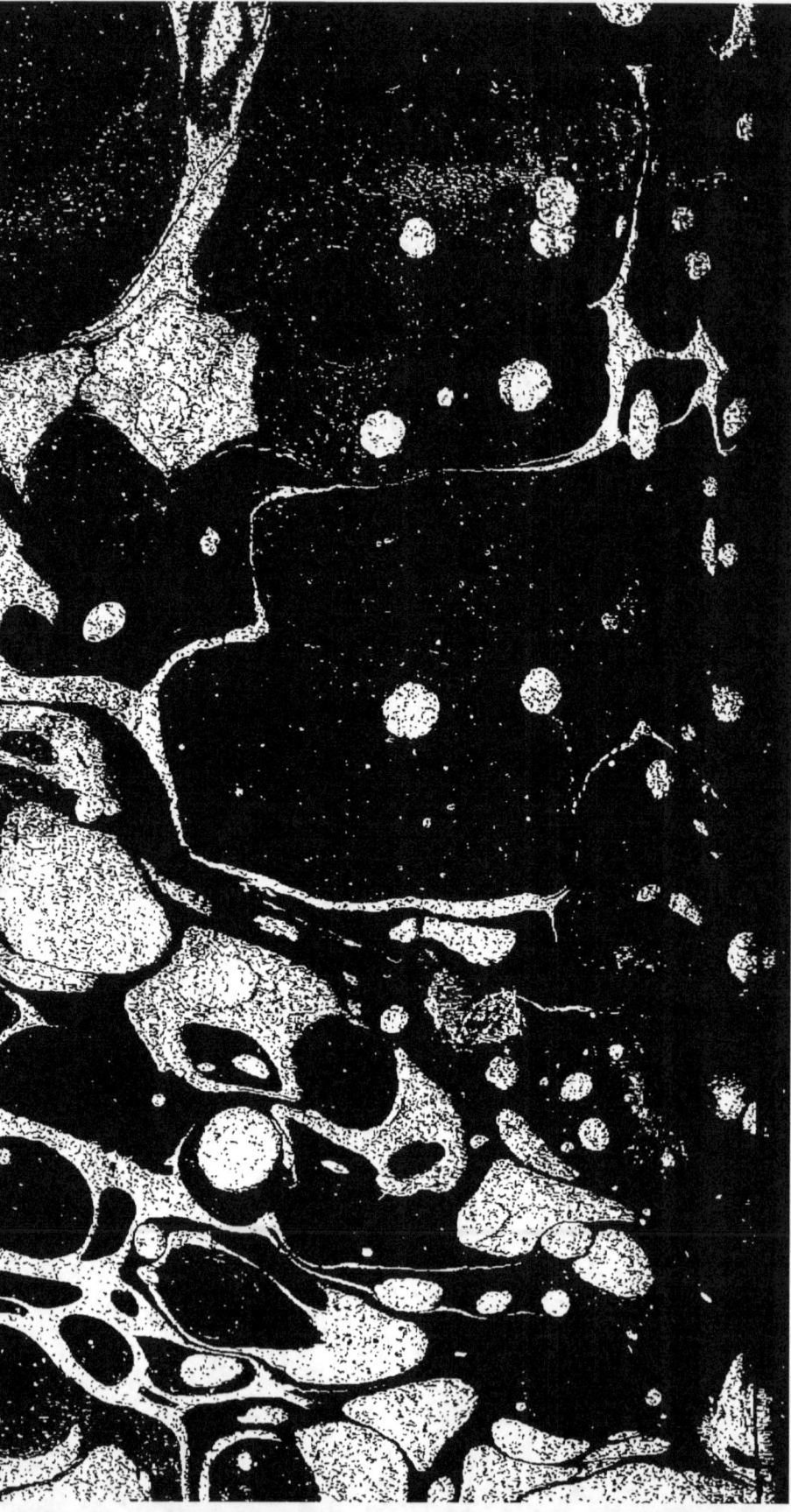

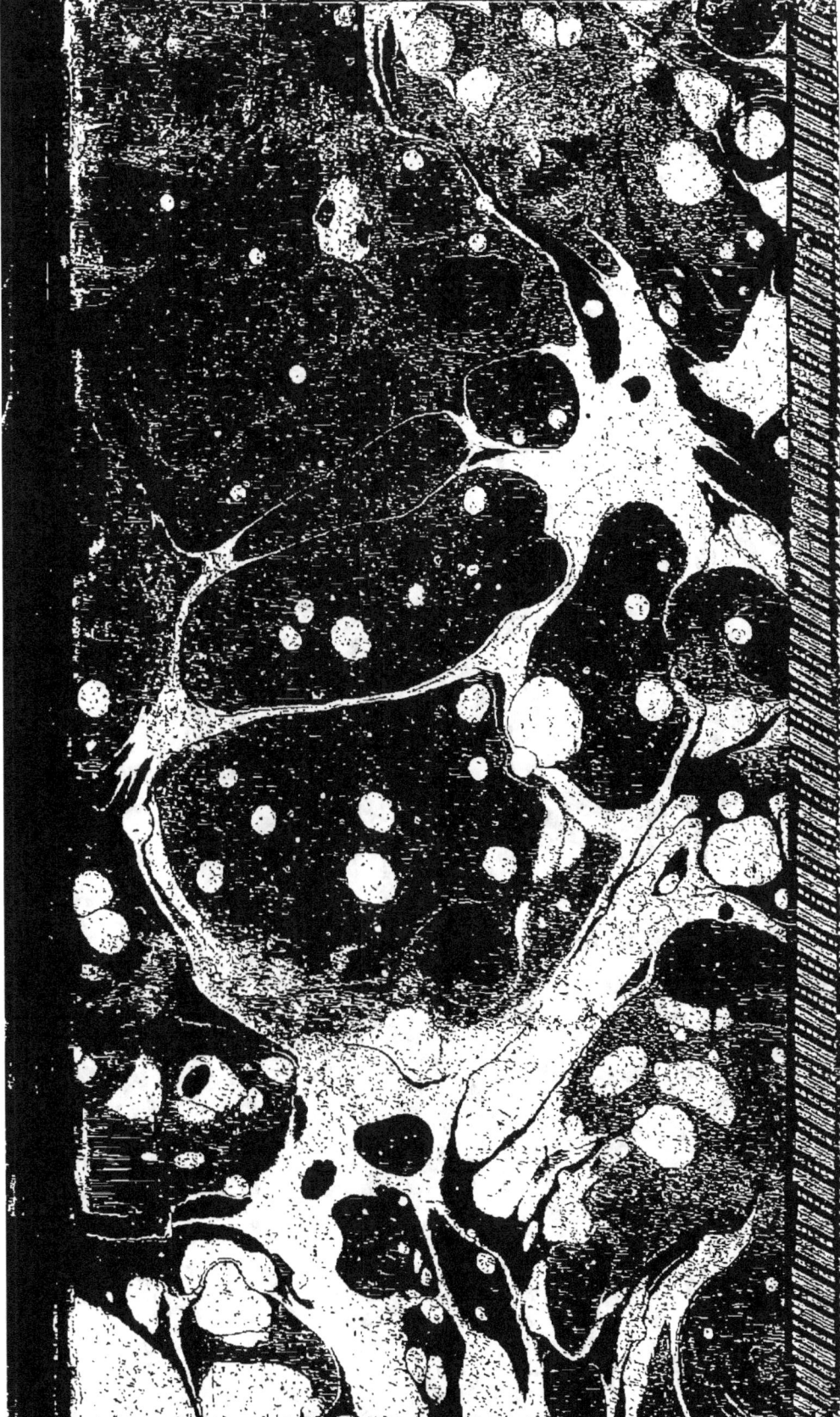

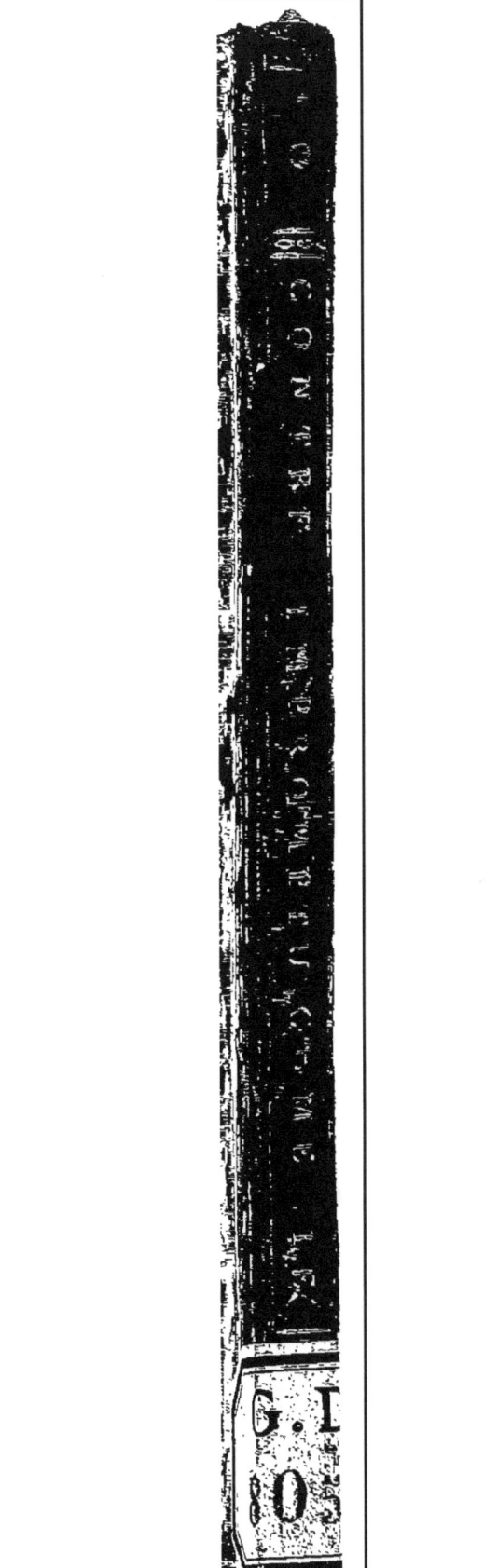